詩集　スペード・ブラデオス

金子　智

土曜美術社出版販売

詩集　スペード・ブラデオス　序

#《スペード・ブラデオス》

手書きの不器用な字
《スペード・ブラデオス》
クラス通信の題字である

あしを高く上げて回転させようとしても
思うように前に進まない日々
《スペード・ブラデオス》
この言葉を書くことだけのために
職場へ向かう日も少なくなかった

「ドイツ語が教えられなくなり
かわりに詩を書き始めました」と
先生にしたためた時
詩の向上を願って
先生が病気であることを伏せて
別れに贈ってくれた言葉
《スペード・ブラデオス》

ギリシャの劇作家
ソポクレスが劇の中で
本来の「急げども足が進まず」から
「焦っても無駄　ゆっくり一歩一歩」の意味で使い
名文句となりましたと葉書にある

三年生のクラス担任として
来春生徒の卒業とともに
定年退職を迎える日
九百回この言葉を書いたことになる

卒業も退職も新たな踏み出し
第一詩集には
《スペード・ブラデオス》のタイトルをつけよう

＊目次

詩集　スペード・ブラデオス

I

椿の記憶

還暦を超えた椿が　今年はことのほか
きれいな花を咲かせた

母の婚姻を機に　植えられた椿
新式に改造した農業用トイレ*の目隠しだった

花嫁が敷居をまたいだとき
親族に牽かれた花嫁道具を積んだ牛車《うしぐるま》が
遠路はるばる砂利道を踏んでやってきた

椿は新来の客を喜びでむかえた
祝宴がはられ　自己紹介がなされ
喜びの声が交わされるのを障子越しに聞いた

下肥に混ぜられた落ち葉が堆肥となり
その土壌から栄養分を吸い上げた椿
大人の背丈ほどに成長する間
赤子の産声も聞いた
花嫁が一家の働き手として
すくすくと育っているのを見た

出来秋には縁台で
大家族の笑い声がはじけるのを聞いた
一家が眠りに落ちる頃

虫の音を聞きながら
星々のもとまどろんだ

都市化の波に洗われ
藁葺きの母屋がとりこわされ新築移転されると
下肥を農業に使う時代もいつの間にか去り
外トイレもご用済みとされ　わたしだけが残った

やがて全ては　わたしの記憶の中に

＊　新式に改造した農業用トイレ。単槽式トイレから熟成された肥が後ろの槽に移動する二槽式トイレ方式。一九五八年頃埼玉県大宮市に全国で初めて作られた。

母の郷へ

出荷用オートバイにリヤカーをつなぎ
ゴザの上に座布団を敷いた父

母は乳飲み子の妹を膝に抱き
顔に疥《はたけ》のあるおいらは母の横にすわる
車輪の上方　最上部には　荷物をつなぐ頑丈な鉄の棒が
縦に荷台と平行に縁取っている
「この棒を何があっても離すなよ」
父はきつく言う　父の仕草から言葉の意味を全身で受けとめた

父は　バイクにまたがりエンジンをふかした

原市新道を北に砂埃をあげ　砂利をはねて走る
タイヤに手をとられぬよう
くるむにやっとの小さな汗ばんだ掌で
棒をたびたび強く握りかえした
視線をあげてみる
赤松林をぬけ　田を横切る
辻の商店から柄杓で路上にまかれた水から
ひんやりした風が流れる
父は後ろを気遣い　ゆったりハンドルを切る
無線山*につらなる緑まばゆい雑木林に入る
原市沼の堰を渡る
坂を登りきった志の崎で左に折れる

出荷組合の倉庫を越える
軒を連ねているのは　母の馴染みの
種屋　油屋　豆腐屋　せんべい屋　自転車屋
剃刀を研いでいる理髪店で折れると　父はエンジンを止めた

母に手を引かれ径道《けいどう》から庭に入ると
農耕用の牛が小屋から顔を出し
祖母の笑顔が家からこぼれ出た

＊　伊奈町にほぼ昭和時代を通じて建っていた無線の鉄塔のある大きな雑木林。

川のある生活

稲刈りの季節　川の水がひけると
生活の場だった見沼代用水

母乳からの免疫が切れたあと
自分の免疫力が足らず
下痢がやまなかったとき
刺身にして食べさせられ
ぼくの命を救ってくれたフナのすみかだった

水路へごぼごぼと流れ出る水で
おばさんが　蓮根の泥を洗いおとしている
歩みつづけると　標高のある川べりに出る
ノビルの道から急勾配をころげおりる
上流の少しはなれた橋の下では
川岸に住むおじさんが
水に浮かべた障子戸を洗っている

裸足でぼくは　水の中に入り
フナやタナゴを追いかけまわす
魚はむこう岸の穴に逃げこむ
切りたった岸によりかかって
赤土の下にある粘土層をつかみとってみる

穴に素手をつっこみ　魚をつかむ
平たいタナゴは　ぼくの掌で光沢を放つ
あでやかさにささやきかける「およめさん」
するとタナゴは一層きれいに輝いた
ぼくはそのとき別の穴にいたザリガニにかまれ
「いてっ」

＊　一九六八年頃の丸ヶ崎の生活を背景とする。

最後の田うない*

「頑張りますね
どうしてそこまでやるんですか」
「住職さんのお母さんが花壇に毎年
花を植えていたのと同じことですよ」

間もなく父の体の芯が無理だと告げだした

雑草が生えすぎると　種が飛び
周りの田圃に迷惑がかかる

うなっておけばふせげる

十二歳の頃から一家の中心となって
やってきた稲作
ついに止めるときが来た

母は夫の姿がまぶたに映っている
母から声がかかった
「機械で事故にでもあっていたら大変
お茶でも持って様子を見てきてくれないか」
寂しそうな背中で運転するトラクターが
土を起こすそばから

色々な羽の野鳥が静かに舞い降り
ゆうゆうと餌をついばんでいた

＊　うなうとは耕すこと。

蓮掘り

父が古希の頃のことである
母からことづかったお茶を持って
田圃に行く

母からお茶を持たされるときは
父に怪我がないか
体が大丈夫か案じているときである
遠くから徐々に明らかになる視界に

師走の寒風吹きすさぶ中
黙々と蓮掘りをしている後ろ姿があった

父が掘っていたのは蓮ではない
情熱である

それを母、私、弟、妹も知り
無理しないでと念じながら
熱い思いで応援していた

葛

風薫る五月
冬の間に張り巡らした地下茎から
芽を吹き出し　蔓を延ばし
節から若葉を三枚出して大きく育つ葛

蛇の頭のような格好で
先端を空中に乗り出し
絡めるものはないかと　身をくねらせ
草や灌木にしがみつき　葉で覆い尽くす

絡みつく物がないと
蔓どうしで身をたばね　強靭にする
強風が吹いても
表は緑　裏は白の　団扇のような葉をひるがえし
サワサワと音をたて　しなやかに受け流す
高い木があると螺旋状に身を巻き付け
木と同じ高みで日の光を受ける

梅雨には薄緑色の葉は深みを帯びた緑へと変わり
茂みで人間から野生小動物のすみかを隠す
盛夏がやってくると　生の頂点に達し
赤みがかった紫の花々の房がぶらさがり
甘い蜜で昆虫を誘う

なよなよしているように見せながら
しなやかに生を充実させる葛

秋

けさ方降っていた激しい雨がうそのようだ
静かで柔らかな日差しになって
いい人だったからな

思い出したようにおやじは言葉をつないだ

昔は秋の葬式は喜ばれたんだ
秋になれば何でもとれて
みんなに出せたからな

ぼくは生まれたころに思いをはせた
家で人が亡くなると
電話が無いから
近所の人が遠くの親戚まで
人に尋ねながら自転車で探し回って連絡してくれる
困りごとはお寺と折衝してくれる
土を掘ってくれる

ねぎらって手作りの料理でもてなす
とれたての米
掘ってきた芋
人参と牛蒡

食の中には
一粒の種
一本の苗
そこから育った充実
祈りがあった

Ⅱ

父からのバトン　一

「ここまできたら後一年だな」
「定年退職まであと二年だよ」

養蜂場まで老父の運転する
軽トラに乗っていた

車から降りると　野バラ咲く養蜂場
仕事の要点は　その年に限って
数万個の卵を産んだ古い女王蜂を

新女王に切り替えることだった
父は椅子に座って
精が切れるのをこらえながら
巣枠をやっとの思いで日に翳す
「蜂箱のこんなところに穴があいてやがって
この群《ぐん》の勢いがないのも無理がねえや
これは飼い主の責任」ときっぱり言った
古い女王を潰すときは
「南無阿弥陀仏*」と言った
去年までは勤め終えた女王へのつぶやきは
「ご苦労様」だったのに

* 浄土宗および浄土真宗の念仏でこれを唱えると阿弥陀様の所に行ける。

父からのバトン　二

新緑　まばゆく
対岸では水木が白い花の房をつけている
エゴや柿の花咲きほころぶ流蜜期[*1]も
すぐそこまで来ている

養蜂場は風なく
日差しも柔らかに
生涯最後の三十群の内検を終え
現場を後にしようとした父

ふと　巣門を指さす
「女王の尾に白いものがついているだろう
あれは結婚飛行から　帰って来たところだよ」
ぼくは　空を見上げ　光に眩惑されると
戻ってきた女王蜂の姿がまぶたに映る

処女王[*2]は巣門から飛び立つと上へ上へと突き進む
待ち受ける雄蜂たちの集合場所を通り抜ける
雄蜂たちは猛追し
決死の覚悟で合体　液を注入する

蜜蜂のコロニー一つは哺乳類一個体にあたるという

だからきみは待つ
母の体内宇宙で　ぼくが羽ばたいて行くのを
なにやら父母との出会いも
実は用意されていたもののように思えてきた

＊1　花に豊かな蜜のある春から夏にかけて。
＊2　成虫になったばかりの交尾前の女王蜂。

師

「蜜蜂の飼い方教えますという記事を頼りに
やって来ました」と切り出した

鴻巣駅から富士山を眺めながら
胸をふくらませ
東吉見村を訪ねたとき
十六歳だった

新聞記事を出していたのは

戦後まもなくの食糧難の中
娘さん四人を立派に育てるため
小学校教諭を辞し
農業を始めた鯨井万吉さん*

訪ねたのはぼくが生まれる十年以上前の父
その人の曲がったことの嫌いな
精悍な面持ちに胸が高鳴ったのではないか

訪問するたび
気づかずに夕方遅くまで残って
家族に悪いことをしてしまったと
後年振り返った

養蜂を教わることを通して
人生を接ぎ木してもらった

＊　大正生まれで平成初期まで活躍。埼玉県比企郡吉見町の名士。戦後すぐ東京から食糧を求めて来た人に蜂蜜を分けてあげたこともあった。地元の灌漑に貢献したほか、イチゴ出荷組合初代組合長。地元へのゴミ焼却場建設反対運動で代表を務めた。

冬は寒くなければ

「もうここまで来れば大丈夫
今年の冬は雪が降って寒かったけど
それだけに今年はきっと蜂の成績はよいぞ
寒くて雪が降れば害虫が死んで
作物でも蜜蜂でもよく育つからな」

はるかかなた北方の雪化粧をしている日光の山並みを背に
父は北風が吹きすさんでいた養蜂場で語った
条件の悪いところにありながら

厳しい冬を乗り越えた蜂たち
巣門には花粉を足につけた働き蜂が
次々と入って来ていた
引き上げられた巣枠には女王蜂が産卵し
新しい蜂に引き継がれようとしていた

人間も
厳しい冬を乗り越えてこそ
よく育つんだなと
ぼくは思った

強奪＊

蜂は巣枠から
両腕でどっと振るい落とされる
蜂があっけにとられているうち
蜜枠が運びだされる
ついてくる蜂もある

取られて怒っているのか
断固取り上げるやりかたが気に入ったのか
蜜を吸っていたいのか

おやじの手にしている蜜枠と
着ているシャツについてきた

荷台のみならず
運転者席にまで入り込み
顔の周りを飛びまわる

蜂は動き出した車の
荷台から
車窓から
草原の風を突き抜け戻っていった

＊　蜜蜂が集めてきた蜜を奪う作業。我が家では蜜の入った巣枠を近距離の自宅に持ち帰り、遠心分離機で蜜を採取する。

地木*

三十センチ間隔に打ち込め　両端には特に多く
言われたとおりに　ぼくは木に穴をあけ菌を埋めこんだ
しばらくして　お茶だよ
おふくろからの呼び声
おやじは茶をすると　講釈をはじめる

柏の木はクヌギと同じように
ブナ科だから　ほだ木になる

家の建材についても話が及ぶ

山林の谷にはえているものは
雪どけ水があつまる場所なので
水分をとりすぎて折れやすい
地産の木は　節は多いが丈夫だ
ちょっと前まで　家をたてるとき
地木を玄関の一部につかう家さえあった

数か月後　おやじの心臓が悲鳴をあげた

柏を手ずから切りだしたのは
余命を　ひとり胸底に沈め
土地を手放さざるをえなくなったら

邪魔になるとの考えから
駒入れ作業は思い出作りのため

翌年になってもシイタケは顔をださなかった
一年おいて　やっとでてきた
かみしめるたび
地木　おやじ　の声がこだまする

＊　地木《ちぼく》　ここでは大宮台地および周辺で育った木。

Ⅲ

春のいぶき

花々が　咲き乱れ
ぼくたちにも仲間が次々に生まれています
ぼくたちは　巣枠ごと巣箱からそっと引き上げられ
日の光のもと　観察されます
天から蜜が流れ出る季節
怒ることなく主人の周りを
透明な羽を羽ばたかせ　大きく飛び回ります
そうやってできたふくらみある渦の中
蜂も人間もそして春の匂いと色に染められた大気までもが

無意識に　深く息をしています

目も綾に

巣門からの甘い香りに魅せられ
オレンジの羽に黒い斑点の蝶が
目も綾に　羽を広げたり閉じたり
やがて両羽を直立させ　細身になると
身を横にして　入りこもうとした

一瞬　状況がのみこめずにいた蜜蜂
害をなすほどの相手でもないことを悟ったのか
媚態で目を楽しませてくれたことに免じ

剣もぬかずに　ただ追い払った
勢いがないから
忍び寄られたのだとは
気づきもせずに

蜜蜂との遊戯

稔りの秋が終わり
木々が色づき始める頃
蜜蜂の越冬に備える
女王の産卵するスペースを確保するため
余剰の蜜を持ち帰る
弱小群どうしを合同し一つの優勢群とする

父はぼくをそばにおいて
はじめて各群の産卵圏の大きさをメモさせ

仕事の一端を示そうとしていた

がっしりの体軀が腰の所で
にわかに左にかしぎだした
精が切れるようにもなっている
蜂をおとなしくさせるため
蜂に煙をパッとかけた

被っているのは網のついた麦わら帽子
穴があいていて蜜蜂が入り込む
顔の周りをブンブン飛んでも気にしない
間違って入り込んでしまった蜂は
網の中で上へ上へと旋回する
七十年の養蜂歴から

蜜蜂の群れ全体と呼吸が合うようになっていた
傾きかけた太陽を背に
一心に仕事をしていた

蜜蜂は演技をしていたのだろうか
あるいは互いに戯れていたのだろうか

最後の別れ

光の春
雪がシンシンと降り積もり
蜂場は　積雪十センチ
朝日が雪原を照らしていた
気温零度

巣門の前と箱の上は
蜂の熱が雪を融かしていた
巣門の前にはすみかを汚さぬよう

仲間の蜂に運び出された
死骸が累々と積もっている

巣門の前をブンブン飛んでいる蜂があった
やがて太陽に向かって
渾身の力を振り絞り
飛び立つと
紫の空気に
羽を翳し
上へ上へと飛んで行き
遂に落ちた
仲間の蜂たちに食糧を残すためと
運び出しの厄介にならぬため
生を逆算し

命のあるうち
自ら飛び立ったのだ
飛び立つに十分な蜜だけ腹に満たして
あの巣門の前での旋回の羽ばたきが
仲間への別れの挨拶だったのだ

春

菜の花咲き乱れ
田起が行われる頃
父の従弟とぼくで
寒さよけに蜂の箱にかぶせた段ボール紙と
形見のジャンパーをはずした
父の従弟は養蜂初心者のぼくに
蜂をおとなしくさせるための
煙の使い方を教えてくれた
蜂を観察するときは堂々と見ないと
かかってくるよと言って

箱を開け煙をパッとかけた
蜂を一掬い掌にのせ蜂と戯れてみせた
蜂がブンブン飛び交う中
二人で女王蜂を見つけ
産卵状況や花粉の入り具合を観察した
箱から箱へと中を点検して回っている最中
養蜂場の奥　小川を隔てた茂みの中で
ガサゴソ音がした

ぼくは前年に他界したはずの父が生きていて
二人の様子を喜んで見ているのではと思い
目を凝らした

イタチがわれわれの様子を覗いていた

分封*

五月のある暖かな日
桑の木にたかった分封群を
蜂の箱におさめた

その夜　夢の中で　蜜蜂の羽音がした
低い木々に蜜蜂が二群分封していた
ぼくは無心で紙のおもちゃ箱二つに
別々につかまえる遊びに興じていた

夢から覚めたぼくは　野まわりに出かけた
並べてある巣箱の奥の草むらの中
桑の木に蜜蜂が巣分かれしていた
頭上高く木の枝からぶらさがっていた群れを
枝ごと切り取り　蜂の箱に入れようとした
蔓草が絡んで　手間取っているうちに
蜂が怒り出し　幾針も手に刺された
のこぎりの刃で指先を傷つけ血が滲んだ
それでも蜂の箱におさめることができた

作業が終わって養蜂場を後にしようとしたとき
養蜂場の奥をキジが走った
行ってみると影も形もなかった

蜜蜂を気にかけながら他界した
父の幻影だったのだろうか

＊　一つの群《ぐん》に新しい女王蜂が生まれると、古い女王は数千匹の働き蜂を連れて新しいすみかをさがす。これを分封あるいは巣分かれという。飛び立った蜂の群れは暫定的に数時間近くの木や枝にたかる。

オオスズメバチの挨拶回り

おやじが蜂飼いの主だったとき
おやじの姿を認めると
上空へ
逃げるように　急上昇した

ぼくが蜂飼いを継いだら
玄関でぼくを待ち構えていた
玄関の扉をあけ
一歩踏み出すと

胸元に一直線に飛んできた
その瞬間
踵を返して　帰っていった

どうやってぼくを知ったのだろう
目でおぼえたのか
ニオイでおぼえたのか

その年　家で本を読んでいるすきに
軍団が蜜蜂に襲いかかり
何群か全滅した

あの挨拶回りは
ぼくへの挑戦状だったのか

それとも糧を用意してくれた
感謝の印だったのだろうか

養蜂

「蜂は針を持っているから誠実でないと飼えない」
おやじが最後にぼくと蜂場に立った日
ぼそっとつぶやいた言葉だ

かつてインタビュー番組で
老練の養蜂家が苦い体験を語った
「齢の離れた若い息子とともに
季節の変わり目に蜂の箱を移動させるため
丘の上から蜂の箱を背負って下りてきた

そのとき息子は重さに耐えかね
箱を落としてしまった」と
養蜂家は蜂の命をあずかる者として
息子が群を失わせてしまったことをひたすら悔いた
息子の安否についてはいっさい触れずに

ぼくもおやじの後を継いで養蜂を始めた
先日群を隆盛にするための処置をしていたとき
箱の中の巣枠を急に動かしてしまった
蜂は怒って攻撃をしかけてきた
動じなければよかったものを
蜂はひるんで作業する心のうちを見透かし
ますます攻撃をしかけてきた
放り出したい気持ちが脳裏をかすめた

その場を離れ　気を取り直した
ぼくは蜂をみているようで
蜂からみられていたのだ

蜂場作り

野ばらを切り出す
カラスムギを根こそぎにする

茂みの奥　立ち鎌の先を地面に突き刺す
レンガや鉄の細い棒が刃先に当たり
ガリッ　音をたてた

レンガは蜂の木箱の腐蝕防止のため
棒は防寒と雨除けに箱に覆いをかぶせたときの留め金

おやじの戦いの跡だ

風通しをよくするため
開墾のようにして
蜂場を整備し終え
蜂が元気に飛び立つのを眺めていた
ふと　眼前を一対の蝶が舞った

狭隘な土地を開き
農耕を始めた祖先の霊だったのだろうか

あとがき

北畑光男氏との出会いから清水榮一氏、高橋次夫氏との出会いにつながり、先達の指導を受け詩を書き始めたのが、ほぼ十五年前。

二〇一八年に書いた序の詩を除き、二〇一九年から二〇二一年の間に書いた作品です。

詩集出版にあたり、先達と詩友の皆様の日頃の励ましとご助言ありがとうございました。

そして、社主・高木祐子氏のご尽力で流れよく運んだことに感謝申し上げます。

二〇二三年二月

金子　智

著者略歴

金子　智（かねこ・さとし）

1958年　埼玉県さいたま市生まれ

所属　日本現代詩人会、日本農民文学会、埼玉詩人会、
　　　大宮詩人会　等　詩誌「晨」同人

詩集　スペード・ブラデオス

発　行　二〇二三年四月十五日

著　者　金子　智
装　丁　直井和夫
発行者　高木祐子
発行所　土曜美術社出版販売
〒162-0813　東京都新宿区東五軒町三―一〇
電　話　〇三―五二二九―〇七三〇
ＦＡＸ　〇三―五二二九―〇七三二
振　替　〇〇一六〇―九―七五六九〇九
印刷・製本　モリモト印刷
ISBN978-4-8120-2753-0　C0092